薔薇

秋山基夫

思潮社

薔薇

秋山基夫

思潮社

目次

装幀＝則武弥

薔薇

薔薇

雨の季節になった。通り過ぎる白い人影が雨にまぎれ、雨は夕闇にまぎれる。
しばらく持ちこたえるだろう
息を吐きそのまま夜の方へ移る

夜の内側を伝い遠ざかる音が聞こえつづける。

コップに水をそそぎ
薔薇をなげこむ

飛沫にもまれ断崖の底に落下する一点の赤。

出来事の縁に盛り上がり
あふれる記憶
雨が降っている。

対枕

九月にはいって
竹林のこずえの風が
月光を吹き散らし、いっしゅん明るむ地上にかすかな音が走り去ったりする。
わたしは白いシーツに寝て、
箱枕にあたまをのせる。
夜通し
たましいは箱の中でやすらっている。
またの日、
わたしは白いシーツに寝て、
隣に並んだ
もうひとつの箱枕にあたまをのせる。箱の中でわたしの死んだたましいが夜通し大きな目玉をむいている。
死んだ友達や肉親などがやってきて、
空が白くなるまで
話をする。ときにいっしょにどこかに出かけ、駅ではぐれたりする。
またの日、わたしは白いシーツに寝て、
隣の箱枕にあたまをのせる。
たましいはやすらいで、寝息さえもれて、朝をむかえる。
わたしは起き上がり、衣服を替え、ご飯を食べたり、お金を払ったりする。
日が沈み、
竹林のこずえがさらさら音を立て、金色の光が地上に散らばる。
わたしは白いシーツに寝て、
わたしの死んだたましいは
箱の中で
目をむき、夜を徹して、したしい人たちとぼそぼそ話をする。

蛇輪

石もて蛇を殺すごとく
一つの輪廻を断絶して
意志なき寂寥を踏み切れかし
萩原朔太郎

首だけもち上げ姿を低くして
いっそう低い夕暮れの地平へ
わたしはバイクを爆走させる
わたしはわたしの尻尾を食い
わたしの時間を太らせている

わたしはやがて口だけになる

夏になって、妻を伴い、海に出かけた。
白い砂の上で、妻の体は、美しかった。
この夫婦はモダニストです。星のかけら、青色の
硝子瓶、赤白のパラソルの陰の午睡、波の音……、そのようにして
ようやく
わたしたちも立ち上がり、ざわめく港の方へ歩いて行った。
夕暮れは、体に元気があり、わくわくと夜に向かう長い時間だった。

わたしはこっそりドアを出た
古い生活と古いデスクを捨て
雑踏に紛れてわたしを隠した

わたしは新しい物質だったが
靴紐はだらしなく延びている

死は何をとまどっているのか

何日も陸地を移動した。
空と太陽をそのまま見た。
塩のにおいがする、砂の上で、砂が広がっているだけの土地で、
熱に包まれて、突っ立っていた。

隠しようもない傲慢の頭上で
蛇が輪になって回転している
高速で跳ね飛ぶ円盤のこぎり

日輪の短い脚が丘に消えると
星も微風も帰ってくるだろう
わたしは何を待っているのか

石造りの村の、坂道を下りて行く。

子供が小声でハポネスハポネスと言った。
小さな広場に、身づくろいをした男たちが集まっている。たばこをふかし、短い会話を、とりとめもなく、今日も繰り返す。

積もった落ち葉、時間のかけら、
夜の、食事の前の、男たちの繰り返される会話、
それらは積もりつづけ、村を一つの物語に織り込む。
(Ellos son viajeros japoneses.)
彼等は日本人の旅行者です。
わたしたちは丘の上の城に戻る。
妻は窓を開け、夜に向かって、地平のかなたに広がる平原を眺めた。

惨めな記憶とカメラをもって
明日はここを出て行くだろう
わたしたちはまだ旅行者です

秋になればまた好色本を読み
友だちと酒を飲むのだろうか
頭上で丸のこの刃が回転する

道端の白い家のカウンターで、
若い夫婦が、パンとオリーブ油だけの昼飯を食っていた。
母親はパンをちぎり、オリーブ油に浸して、幼児に与えた。
絶望の中に、わたしの席があるというのは、嘘だ。

走破

芒　萱　ムラサキツユクサでもいいんだが、
細長い草の葉の　二すじ三すじが　斜めになって
やつらはいつも斜めになっているんだが、
たまたま　お寺の庭とか　陽が当たるようで　当たらない
一坪くらいの　白い砂の上に　やつらの
二すじ三すじの　細長い影が　斜めになって　薄墨の絵の
ように落ちる。かぼそい風も吹くだろう。
わたしは細長い
臆病なたましいを尻目にして、
アドレナリンシーズンを　走破するために、
全身青ざめ　鮫肌の鮫になって　動いていく。

輝くするめ烏賊の　ぬるぬるになって　泳いでいく。
島はもう遠くに残され　おむすびの　黒い海苔の　三角になって　消えてしまった。

ひょうたん　とうがん　へちまでもいいんだが、
つまり立派なたましいが
合金の宇宙戦士のような　いかめしい
甲殻類の甲冑をがっちり着込んで、
空中を、走ってきたんだ。わたしはとっさに
やつの勇気に抱きつき、鮫のざらざら頬をこすりつけ、
烏賊のぶつぶつ足で絞めあげた。
やつのたましいは　すっぽりぬけてしまった。
空っぽの甲冑はかけらになってはらはら落下する。
かけらは　海面で　もういちどひるがえり　すぐ沈んだ。
たましいも　海底に沈み、なまこのように　へたっている。

空は広く、白い光だ。
アドレナリンシーズンを　走破するために、
また七月、八月の熱のトンネルを
標準語を上手にしゃべりながら、
汗もかかず、地上に出た。
わたしの走破は快調だが、
海とリアス式海岸を　走破したのは
昨日のことなのに、もう憶えていないんだ。

球根

三日月の大鎌の刃が回転しつつ落ちてくる
丘の上で合図する黒服の卵頭に突き刺さる
透明な液体が流れ出し黄色い液体も流れる
惨劇の成り行きがじんわりと地面に広がる
もう夜が明けているらしく話声が聞こえる
パンを焼く匂いが漂い自転車が坂をくだる
白い建物の出窓から赤い花のつるが垂れる
気ままな風にあそばれて電車に乗っている

(三月に入って快方に向かった。骨の中心部の管の中で凍っていた髄液が溶け始め、それにつれて全身の体液の流れもずいぶん速くなり、脇腹を触ってみると手のひらより温かいことが確かめられた。ぱさぱさに乾いていた顔の皮も水分を含んできて、昼間はもう大丈夫だと判断された。電車に乗ってデパートに出かけた。)

　　とおいやまなみに
日が
　さし
　　ゆらゆ
　　　らかげろ
　　　　うのゆら
　　　　めく青
　　　いゆら
　　ゆら
　ガラスの玉のかげ

(三月が過ぎて、麓のあたりは満開になる。両側に土産物屋の連なる路を人に押されつつ登って行った。半透明のまるい容器の中で、吉野葛のリボンを入れた桜色のゼリーがゆれる。脳天大神の社、勝手神社の社、へんな神様たちがいらっしゃって、天空から銀色と金色の目をむいて睨んでいらっしゃる。帰れないのに登る。）

みみず
まる
むし
ぬ
なめ
などがうごめ
きはじめ
腐ったものが　さらに腐り　始め
くさい
ものがさ
らにくさくなっ

　ていくみさ　かいがなく
なり　先端か　らふら
　　ふらのび
　あがる温かい　　　なあー
あかるいなあー　足は
　　　　　顕在化？　よしよし
　丸虫メ○無視目そんなにからだをはい回るな目

（イグアナの記憶が脳内でうねり始める
家族や友人たちの顔があらわれてはさる
百三歳の母に赤いバラの鉢を届けさせる
経路がわからないからわらわらおそれる
生きのびることができるのかできないか
地下をうろうろあるきハバネロをかじる
五月もなかばを過ぎる　木の葉が光る）

指環

姉の夫が姉の指から結婚指環を抜き取って喪服の内ポケットに隠した。姉は焼かれてしまうのだから指環も一緒に焼かれると思うと惜しくて惜しくて我慢できなくなったのだろう。死ねば姉は妻ではないから彼も夫ではなくなるのだから指環は抜き取ってもかまわないと理屈をつけたのだろう。指環はもともと彼が与えたものだから彼のポケットに戻されてもいいのだと彼は考えたに違いない。彼は金に困っていた。わずかしか集まらない香奠も一円でも多く残っていてほしいと思い、お経の間もひそかに指を折って勘定していたに違いない。骨を拾う時わたしはすばやく姉の指の小さな骨のかけらを袂に入れて持ち出し、妹と分けた。わたしたちは二度と姉の夫だった男とその係累たちとは会うことはないだろう。

枯れ山の勘三郎がカアと鳴く

真っ暗闇の空間に二個の金の指環が輝いている。姿の見えない誰かがこれらを身につけて歩いているのだろう。一個はその人の心臓の高さにあり、おそらく胸の内ポケットに入れてあり、一個はおそらく左手の指にはめてあって、その人が歩くにつれて前後に振られているのだろう。どうしてなのか、わたしにはその人の姿が見えず、見えるのは二個の指輪だけだが、ポケットの一個はわたしの指環に違いない。なぜわたしの指環が誰とも知れない人の心臓の上にあるのだろう。わたしは自分の指環を自分の指にはめたい。でもわたしには指がない。なぜわたしには指がないのだろう。二個の指環が遠ざかっていく。見えないその人はわたしから遠ざかっているに違いない。わたしはわたしの指環を指にはめたい。

憚りの闇に不如帰を聞くばかり

だらだらと坂を下っていった。

左側が崖、右側が山、びっしり樹木が茂り、頭の上から覆いかぶさってくる。どこまで下るのか。

風が吹くと、無数の木の葉がさわぎだし、無数の木の葉の先から彼らの平べったい無数の魂がへらへらへらへら抜け出して、闇の空間をあてもなく上へ下へ左に右にへらへらへらへら漂いつつ、はるか下界の底に落ちていき、跡形もなく消えてしまう。［コスタリカには五〇〇〇〇種の生物がいるという。広大な熱帯雨林の中で、生物の進化が絶え間なく進行し、横溢し、過飽和的に増大しているのだ。だからここでは進化とは膨大な逸脱の過程に他ならず、起源から限りなく異化しつつ遠ざかりつづける過程に他ならず、まさに輪廻転生を排除する定向性そのものなのだ。呆然と見守るだけだ。］

金の蛇、朱色の蛙、鳥も花も色彩図鑑の豊饒地獄。

猫港

小型の連絡船からあがって、小さな広場を横切り、まっすぐ一本の路地に入っていった。漁村は昼寝の時間で、人の姿も、もの音もなく、猫がゆっくり前を横切ったりした。両側から焼き板を張った二階家の壁が迫り、日の射さない路はしだいに狭くなる。目をあげると、高い所に薄曇りの細長い空があった。分岐点では広い方の路を進んだが、行き止まりになったり、だらだらと下って人家の庭に入り込んだり、さっき歩いた路に戻ったりした。迷路というほどのものではないと思っていたが、やはりわたしは失われつつあったらしい。

人家がきれて、裏山にさしかかった。路幅は猫車がやっと通れるくらいで、左右の小さな畑にサツマイモの苗が植え付けてある。夏の盛りには、熱い光に直射され、一面のイモの葉っぱがぐったりするだろう。路が急になり、山側の畑を支える丸い自然石の石垣がつづく。振り向くと小さな漁港の全景が見下ろされ、小さな漁船が並んでもやっている。日が暮れると、漁船はいっせいに灯をともして出港し、朝方に戻ってくるのだろう。石垣にぼろをまとった案山子が立てかけてあった。（わたしのへのへのもへじが立てかけてあった。）

島の一番高い所を、風が吹いていた。
わたしは父の代からこの島の者ではないから、すぐに出ていくだろう。
わたしはもともとどこにも属さないし、何者でもない。
壊れた案山子だが、出ていくことはできる。
従兄弟同士の子供たちが五六人
ほこりっぽい二階の部屋で
緑色の蚊帳の中でだんごになって寝た。
おじいさんの葬式の晩だった。
（大人たちは下の座敷でいつまでものんだりたべたりしていた。）
わたしたちは話すこともなく、学校のことなど少し話し、眠ってしまった。

年かさの一人はまもなく結核で死んだが、残りの者は生きている。みんな長生きになって、おじいさんより長く生きている。このことの他に何も話すことはない。誰にも格別のことは起こらなかった。(もちろん墓の数は増えていたが。)わたしたちがいなくなって、生き残った者がどうなるのか、考えられない。もう誰にも逃げ場はないし、他に慰めもないから、みんな偉くなって、コメディアンのまねをして上から目線で悪口を言って生きつづけるのだろう。帰りは迷うことはなかった。猫に四回出会った。昼間の漁港は猫に支配されている。

自死

夢でわたしは、戦士だった。
　膝ヲ屈ッスルコト一度ビアルモ二度ビ三度ビ立タムガタメナリ
不敵な笑みを浮かべて、わたしは立っていた。わたしを立たしめているのは、どこかで聞きかじった台詞だった。石川五右衛門か石田三成か、史記か三国志の英雄豪傑か、もう記憶のどこにもなかったが、台詞は頭蓋の中で出口に向かって殺到した。しかしわたしは聞くべき相手が現れるまで、けっして口から出すまいと決意していた。天秤棒や竹刀や警棒や木刀がわたしの肩、背中、腕、太腿を殴り続けたが、わたしは立ち続けた。口をへの字に結び、ときどきニヤリと笑った。

何かからわたしは離れた

枝から木の葉が離れ　気流が遠くへ運んでいった
岸から小舟が離れ　たちまち見えなくなった

夢で　わたしはまだ立っていた
灰色の霧の空間に立っていた
日が昇った

へこんだヘルメットも折れた棒切れもなく、街路樹がまっすぐ並び、アーミー外套を着た人々が知らない朝の言葉をしゃべった。往路もなく帰路もなかった。

天窓

風力計がくるくる空気をすくって風のアイスクリームを量産する日だった（と
書いてある）。
訪ねてくる人はなくノートは閉じられたまま机の上に置かれていた（と書いて
ある）。
空も雲も風もスピードを上げて視界から飛び去る（物干しのロープが揺れてシ
ャツの袖もパンツの裾もびりびり千切れた）。
天窓のガラスに懐かしい人の顔がつぎつぎに吹き寄せられ覗きこんでは吹き飛
ばされる（彼らは二度と現れない）。
彼らの名前が思い出せない（わたしも思い出されないだろう）。
波打ち際の砂に小さな生き物が這っている（気づくとわたしは海に来ていた）。
わたしは確かに歩いている（砂が足の裏で崩れた）。

海の底では西洋の女神のように海藻がゆらゆらする（いっしょになってゆらゆらした）。

白い月が空に浮かんでいる（いっしょに浮かんだ）。

草の葉っぱの陰には小さな虫がいて小さな声でないている（わたしも小さな声でないた）。

（わたしは世界のどこかに失われた）ノートは閉じられたままだ。

夜通し屋根の上で風力計がくるくる回った（わたしについてまだ誰かが話しているのだろうか）（いつまで　話す?）。

天窓に雨が落ちた（落ちた?　　雨ではなく　　風の飛沫?　　）。

天井

ルネサンス期の会堂の
見上げる天井の格子の
三千の升目に一人ずつ
三千の天使の顔がある
整然と

升目の数だけ天使を描いたのか
天使の数だけ升目を作ったのか
わたしは首を上に向けて考える
三千もの天使に見おろされたら
地上では正義が行われただろう

誰もこそこそしなかっただろう
数の勝利だ

問題はしかし彼らの倫理ではない
石を敷き詰めて頑丈な道路を作る
石を積み上げ動かない建物を作る
巨大な建物を三百年もかけて作る
何百年もそのままで保持し続ける
壊れたら全てを元通りに修復する
モザイクの一片まで原型にもどす
なぜなら彼らは永遠を信じているから彼らは永遠を信じて疑わないから彼らは
人工の時間を永遠そのものにするからそうすることに彼らは情熱を注ぎ続ける
からそうすることで彼らの永遠がますます確かなものになるから
石の存在論だ

永遠の火が燃えている、ダンテ廟の中で、燃え続ける。

油がなくなって、新しい油を注ぐとき、火を消すのではないか。

わたしは幻想を相手に果敢に戦いを挑んだ。

人生の終わりに到り、習慣のように愚者のファイトを戦った。


ガイドさんが歩き出した。わたしは従った。壁にアーチ型の大きな窓が並ぶ、煉瓦造りのマーケットに来た。彼女は言った、しばらくこの煉獄で自由にしてください。

魚屋、果物屋、酒屋、菓子屋、八百屋、肉屋などたくさんの店が、四角く並んでいる。

日本人が牛を好むのは、アメリカ人がカウボーイだからか。ソーセージもベーコンも牛で作らないのはなぜか。わたしは店頭に吊るされた生ハムになってしばらく吊るされた。

日本人のおばさんが娘二人と乾物屋をやっていた。

ほかの店と同じ品物を同じ値段で売っていた。

成功したのか止むを得ないのか
わたしはただ通り過ぎるだけだ

夢うつつのようなお金を払って
唐辛子と干した茸を手に入れた
わたしはしばしば虫に刺される
カプサイシンがいくぶんか効く
茸はしかし悪い口をそそのかす
泥にまみれて泥まで食うだろう
わたしは大食らいで命を縮める
わたしはわたしの首をぶら下げ
方角を失った自分の提灯とした

中心へ、中心へ、バスはうねうねと登って行った。わたしたちは逆立ちして、（もはや疲れ果てていたから、）降って行ったのだ、底へ底へ、と。聖人たちが窓に現れ、青い空の白い壁に横一列に並んで、わたしたちを見おろした。小鳥の聖人も、麵麭と葡萄酒の聖人もいた。

わたしは巣歓秘を食い散らし、濡れた口で水を飲んだ。

とうとう夜の果てに来た

青銅

暇な読者よ、とセルバンテスは書いた。

かのいとも名高き憂い顔の騎士殿は、麗しき姫君への忠誠を心に秘めて、世にはびこる悪事非道を正すべく、老いの身に勇気を吹きこみ、凹んだ兜をかぶり、錆びた鎧を着こみ、折れた槍をもち、おおそれから痩せた老いぼれ馬にまたがり、おまけに食べ物でいっぱいのお腹が脚を運ぶなどとうそぶく善良な従者まで連れて、いとも長き苦難の武者修行に出発なされた。

暇な読者よ、どうかこのいとも長き苦難の冒険遍歴の一部始終をこころのどかにご覧めされよ。

暇な読者よ。

暇な読者よ。

極東に散在するあまたの中小の島々のあちらこちらに散在し、日々のなりわいに散々追い回されるあまたの人々の中にあって、あなたは暇だ。格別お暇なようだ。
どうかあなたのありあまる暇のごく一部なりともこの高尚にして有益な物語のためにお割きくださることを、切にお願いいたす。（あの暇なことで有名な空《アキ》間《マ》センセイが、特別にわたしたちの質問に答えてクレマシタ、と馬鹿レポーターが報道しています。かの名高き騎士道物語のためなら、わたしは新たにあまたの頌歌を詠み、物語の冒頭をあらためて飾りましょう。浅学非才ではあるが、あまたの権威ある出典からのあまたの引用を鏤《ちりば》めて、あまたの欄外注と後注とを書きましょう、ダッテサ。ちなみに、アキマ氏はわたしの親友であるから、この僭越を許す。）

地平に連なる丘陵の上に十基あまりの巨大な風車が並んでいる。十字の羽は休んでいるが、ひとたび風が吹けば、巨人が振り回す巨大な剣のようにぶんぶん回転するだろう。勇敢にも突進してきた騎士殿の槍が瞬時に叩き折られたのはむべなるかな、ダ。ご存じの通りわれらが騎士殿の数々の武勇伝は末永く語り伝えられているが、この対巨人戦の苦杯ほどにもわが騎士殿の老骨を無残にも鞭打った戦いはなかった。(にっくきにっくきジャイアンツめ。ちなみに、諺は言う、青き死は平等の足もて貧者のあばら家も王侯貴族の宮殿をも踏む、と。)

鉄は錆びる。兜も鎧も、凹み、穴があき、あちこちがちぎれ、磨いても磨いても、赤錆が広がり、しだいに赤錆は黒褐色の錆に変じ、厚みを増しつつ鉄板を全面的に腐蝕し、兜も鎧もぴかぴかの部分がすっかりなくなり、触ればぼろぼろ崩れてしまう、古代遺跡から発掘された剣、短甲のごときものに化し、われらが英雄は深い嘆きに沈む。彼には愛馬も従者もとっくにいない。連銭葦毛の駿馬にまたがる隠れたる騎士をうち倒して分捕ったかのマムブリノーの黄金の兜も、理髪師の真鍮の金盥に変じてしまった。邪悪な魔法使いめ。(ちなみに、当時の理髪師は医師を兼ねていた。だから現今でも理髪店の看板は赤い血と青い血と白い包帯がぐるぐるまわっている。またちなみに、最近までわが国の医師の部屋にはクレゾールの入った洗面器が置いてあった。またちなみに、われらが騎士殿の村の理髪師は、騎士殿の病除去のためひとりの牧師補が企てた、騎士殿愛読のあまたの騎士道物語焚書の手助けをしたことが、物語中にこまごまと記されている。だから、そのことに関わらない気の毒な別の理髪師が真鍮の金盥を分捕られたのは当然の報いだ。）

親愛なる読者よ。まだ読んでおられるか。誠にかたじけない。いましばらくお付き合いくだされよ。

一六一六年、時を同じくして人類は二人の偉大な告知者を失った。誰かの人生の物語が喜劇的であろうと悲劇的であろうといずれにせよ物語の外では大団円を迎えることはない、と彼らは告知した。だからいまに至るまでわたしたちは物語の外で喜劇的もしくは悲劇的人生を避けがたく享受していられる。憂い顔の騎士はついにベッドで死に、思慮深き王子は復讐を成し遂げたのだが、わたしたちはいまだにいきなり後ろ頭を殴られるような理不尽な人生を生きることができるのだ。つまりわたしたちには、ベッドと毒が残され、オオそれから、花と狂気も残されている。

マドリードのスペイン広場の中央に、騎士道の光にして鏡たる主従の巨大な青い像が建っている。来年あたりわたしは背広の胸に彼らのカンバッジをつけて北欧に出掛けよう。

暇な読者よ。ご一緒にどうですか。いやいやわたしごときがお供をするべきではないねえ。親愛なるアナタ、いかなる旅にあろうとも、健康に留意され、くれぐれもおのれを忘れることなかれ。

（本篇は片山伸訳「ドン・キホーテ」〔『世界文学全集第四巻』新潮社昭和二年刊〕などを参照した。これらの恩恵に大きな花束のごとき感謝を捧げる。）

無為

夜がきた
まっ暗闇の森の奥に
ひときわ大きな木があって
大きな枝をくろぐろとひろげていた
大きな枝の下にじいさんたちが集まっていて
なんだか知らないがあたりはうすぼんやり明るくて
じいさんたちはみなだぶだぶの外国の服の前をはだけて
酒を飲んだり
ギターを弾いたり
放浪の歌を歌ったり
大笑いして大きなおなかの大きなへそをぴょこぴょこさせたり
あごひげに酒や食べ物をこぼしたり

ぐうぐういびきをかいて転がっていたり好き勝手にやっていたんだ
大きな木の根もとには大きな洞穴があって
若いきこりが眠りこんでいたのだが
彼は重労働で疲れはててひとやすみのつもりがつい眠りこんでしまったのだが
ふと外の楽しそうなさわぎに目を覚まし
そろそろ洞穴から這い出すと禿のじいさんと髭のじいさんが碁を打っていた
天空全体に緑の星とルビーの星が散らばってすごい勢いで並んだり離れたり
プラチナの柄杓からは水銀が滝のように流れ落ちつぶつぶになって散らばり
巨大な黄金の天秤が傾くたびに光のシャワーがあたりいちめんにふりそそぐ
きこりはたまらず近寄ってのめりこんで見ているうちに斧の柄が腐っていた
いつきたのかそばで見ていた若い猟師のテッポーの鉄もすっかり錆びていた
あきれてたがいに顔を見合わす二人の若者もすっかりじいさんになっていた

＊

小さな町の裏通りに
看板もない小さな碁席があった

昼めしがすんでしばらくすると
ぼちぼちお客さんがやってくる
お客さんはほとんどじいさんだ
彼らが浮世で何をやっていたか
しゃべる者も尋ねる者もいない
バカ話をし無駄口をたたきつつ
いつもの相手とぱちぱちやって
夕方になるといっせいにいなくなる
たちまち
何か月か何年かが過ぎてきょうもじいさんたちがやってきて夕方がきて
小さな町にも灯りがともり次の日もたちまち夕方になりふと気がつくと
しばらく誰かの姿を見なくなっていて
病気か何かだろうとそのまま
日が過ぎて
またきょうも
夜がきた

徒食

ご飯を頂きます
ちょうど星の国から帰還したところでしたからちょうどいい
なにしろ星の国ではほとんど何も与えられなかったのでワシ飢えています
自分でもみっともないみっともないとおもいつつ
お箸を止めることができません
お茶碗を口から離すことができません
ガッガガッガ搔きこみつづけます
ワシ餓鬼になっています
あんたご存じかどうかわかりませんが宇宙食はあれはほんとはないんです
一般人をだますためにメニュウもいろいろカロリイ十分なんちゃって
ウソだ
何も食わせてもらえんかった

自分で点滴注射しておしっこをちょっぴりだすだけ
帰還したクルーが肩を組み合って写真に写ってるのは
そうしないとひとりでは倒れてしまうからです
新聞とかで見たでしょう
ひどいもんです
おかわりいいですか
これで十杯目ですか
あともう一杯ください
お茶かけてください
お茶漬けはおいしいな
もう一杯ください
あと一杯だけ
そうこれでやめますからもう一杯だけ
ください
ワシラアいちおう
ヒイロオちゅうこつになっちょるが

勲章ももらえるらしいんじゃが
たぶん二番目か三番目の大けなやつ
金色の星が三つか五つ輪になっちょるやつ
ずうっと家宝にするけに
もろたら見しちゃるけに
うちへおいで
ご飯ください
えっ　もうないんですか
お焦げでいいから
それも食っちゃった？　オレ
食っちゃったの
そうですか
いやいやとんでもない
御造作をおかけして
すみません
ごちそうさまでした

快気

わたしは帰ってきます
あの人はまだ生きていますしあの人の約束は残っています
わたしは帰ってこなければなりません
わたしが帰ってこなければあの人は約束がはたせません
あの人は嘘つきになってしまいます
わたしはあの人を信じています
あの人を信じないことなどありえません
あの人を信じないのは自分を信じないのと同じです
あの人がわたしに嘘をつき逃げたとは思いません
あの人は誠実な方ですからきっと事情があるのでしょう
世界は事情に満ちています
あの人だけでなく誰にでも事情はあるのです

いつも花桃の花が咲いています
小さな庭いっぱいに枝を広げて咲いているのです
夏も咲いています
秋も咲いています
冬も咲いていて目の前の空気を桃色に染めています
そしてまた春の光がさしてほんとうにつぼみがふくらみます
もうすぐ咲くと思いほんとうに咲くのです

わたしは帰ってきます
あの人はどこにいるのでしょう
あの人は何をしているのでしょう
あの人は蚊絣の着物を着て廊下の籐の椅子に座っています
夏の夕暮がぼんやり過ぎていきます
あの人が立ち上がって去っていきます
あの人の蚊絣の背中が遠ざかります

あの人の姿が闇に消えていきます
あの人はどこへ行くのでしょう
わたしは聞いていません
わたしは知りません
わたしは許せません
わたしの目が充血します
世界が染まっていきます

風が冷たい
わたしはすっかり衰弱しています
水が冷たい
わたしの体からありったけのものが流れだしています
水のブルーがみるみる染まっていきます
何もかも失われていきます

あの人の声が聞こえます

――クライネー
あの人の声がどこからか反響してきます
――ツメタイネー
あの人はどこにいるのでしょう
わたしにはあの人の声が聞こえるだけです
あの人はほんとうは約束なんかしなかったのです
わたしははじめから約束なんかどうでもいいのです
あの人はほんとうはいつもわたしのそばにいるのです
わたしにはあの人が見えません
わたしにはあの人がさわれません
わたしの首飾りから赤い粒が転がり落ちます
わたしの体からも何かの粒が転がり落ちます

花桃の花がわたしの庭を花桃の色に染めています
わたしは帰ってきたのです
あの人のいない世界に

命運

白いタイル貼りの部屋に
はだかでほうりこまれた
部屋には窓もドアもない
眩しい光があふれている
おれは終わりだと思った

＊

おれか？
おれ　左官
まあ　塗りすぎたってことよ
高卒で　親方んとこに入って

仕事覚えて
こうみえても　腕はいいんだ
まいったなあ
近ごろは仕事ねえんだ
ここんとこ何年も　ねえんだ
土壁なんか　もう誰もやんねえ
日本建築なんか誰も建てねえ
左官の仕事といったって
モルタルばっか塗ってたんだ
新建材でそれもなくなって
月の半分はぶらぶらしてる
タイルは　大昔は一個ずつ貼ってた
タイル職ってのがあって
腕を自慢した
まとめていっぺんにぺたんと
貼るようになって

手間あ掛からねえ
腕はいらねえ
そのぶん仕事なくなって
廃業したやつもいた
近ごろはタイルなんか貼らねえ
だいたい左官の仕事なんか
もうほとんどねえんだ
だから塗りすぎたんだって
おりゃあ　言うんだ

（八月の日盛りに
サルスベリが何本もの細長い枝を気ままに伸ばし
その先に白い泡のような花のかたまりをつけている
となりにもう一本サルスベリがあって
枝先にピンクの花のかたまりをつけている
それらの細長い枝は釣竿みたいにたわみゆらゆらゆれている

エジプトで見たサルスベリは丈が低くて花を眼の下に見た）

八月の日盛りに
サルスベリの幹を蟻がのぼってた
仕事に行った家の庭で見たんだ
全身から汗がふきだし
そこら一面がまっ白に輝いて
いい気持ちだった
おりゃあ
も一度土をこねて家一軒
まるまる全部
塗ってみたいよ

塗りすぎたってことよ

怪画

新聞創成期の紙面には　美人の首なし死体大川にあがる　などとい
う記事が臆面もなく出ていた　美人かどうかは首があっても　事実
とも真実とも決めがたいから　これをもって捏造とも虚偽とも言い
がたい　記者の怠慢を指摘するのは容易だが　むしろこれを一種の
文飾または慣用とみなし　死者に対する哀悼の念を読み取るべきだ

昭和二十七年京都文化研究会が編集し発行した『絵画に見えたる妖
怪』という二十頁ほどの図録がある　紙も印刷もよくない　わたし
はその中の一枚の幽霊の絵に　格別に恐ろしさを感じている　見続
けることができずすぐに目を逸らすのだが　それなら見なければい
いのだが　ついつい図録を本棚から抜き出しその幽霊を見てしまう

右の目を殴打され転倒した　瞬時に世界が消えて　青黒く腫れた目蓋の下から潰れた眼球と血液が流れ出た　左の目を全開にして世界を見た　何もない空中にワイヤーで吊るされて立っていた　歩こうとしたが両脚がなかった　両手を前に上げ手のひらで空気を掻き寄せた　スーと進んだ　スースー進み　ストンと落ちた　また落ちた

草深い里にあばら家が見える　屋根にぺんぺん草が生え　軒が崩れ雨戸が外れ障子が破れ壁が剝げ落ち畳が腐り　庭先の萩の根元で虫が鳴いている　部屋には新しい麻の蚊帳が吊ってあり　盆提灯が蚊帳の裾を青い光で染め　白い蒲団に誰か寝ている　顔に白い布がかけてある　わたしは天井まで伸び上がり真上から蚊帳の底を覗いた

本家も分家も阿佐ヶ谷に長く住んで　婚礼に顔を出せない者はいなかった　祖父の代に衰微が始まり　母がホームで死にわたしだけになった　侵入者を防ぐため玄関先に洗濯機テレビ冷蔵庫自転車など

を積み上げ　庭には瓶缶ペットボトルなどを敷き詰めた　車庫はパンクした軽四と新聞雑誌で埋めた　ゴミ屋敷と陰口を言う者がいる
テレビ見物はすでに古典的娯楽だが　それでも見たことのない世界を見せてくれる　余計なものがあふれかえる部屋で　わたしはソファーに自堕落に座り　蚊帳に寝ているあの者の顔を見せてくれ　白い布を早く取り去ってくれ　とあせっている　窓の外では先程からペットボトルを踏み潰す靴音がするが　まだ大丈夫だと思っている

鼓笛

草原にかわいい花が咲く季節だ
柔らかい日ざしにチョウが舞う
金色帽子の鼓笛隊に先導されて着ぐるみ連中がやってくる
鋼鉄の鞭の尻尾をはねまわす悪相のミッキーがやってくる
薄汚いぶかぶかドレスの白雪姫が子分を連れてやってくる
髭面の桃太郎のおじさんが酔っ払ってふらふらやってくる
赤い頭巾のオオカミ少女と脱毛症のゴリラ男がやってくる
キジはニワトリみたいにキョトキョトして列からはみ出す
宇宙超人族の皮膚はあちこち焼け焦げ銀の長靴は泥まみれ
どこにいるのだドナルドダック
どうなるダックどなるなダック

土鍋でダックはぐつぐつ煮える
ぞろぞろ行進する着ぐるみがみんな同じ背丈なのが怪しい
それでも拍手と喝采の声が続く
万歳三唱とともに花火が揚がる
小太鼓が銃殺刑のように高鳴る
三歩進むと大太鼓をドンと打つ
着ぐるみ部隊の勇ましい行進だ
クラリネットの音色もおかしく
丘へ向かってだらだらと行進だ
うらうらの春の霞にまぎれつつ
蟻の行列のように小さくなって
やがて彼らは丘を越えるだろう
港に向かって下りて行くだろう
黒い輸送船が待っているだろう
埠頭は大群衆であふれるだろう
市長は激励の挨拶をするだろう

着ぐるみ部隊はタラップを上る
わけもわからず手を振りながら
大群衆の大喚声に応えるだろう
どこにいるのだドナルドダック
錨が上げられスクリューが回る
甲板の手すりに身を乗り出して
着ぐるみたちは口々に叫ぶのだ
愛する人たちの名前を叫ぶのだ
輸送船はのたりのたりのたくりながら霞の中に消えていく
土鍋でダックがぐつぐつ煮える

消滅

田舎の駅に列車が停まり五六人の乗客が降り
最後に学生服を着たカラスが二羽跳び下りた
県北に向かう列車に乗る者はなく汽笛が鳴り
汽車は煙を残したちまちかなたに走り去った

二羽のカラスは閉店中の駅前食堂の前を過ぎ
ペンキのはげた大正時代の町役場の前を過ぎ
土埃で白く汚れた貧弱な町筋の端まで来ると
がたがたの汚いガラス戸を開けて中に入った

薄暗い土間に自転車や肥料の袋が置いてあり

擦り切れた背広の男が出てきて口上を聞いた
男は紙切れに簡単な地図を描いて道を説明し
ガリ版刷りのビラを順次配布せよと命令した

二羽のカラスは逃げるように山の方に歩いた
町筋でも田んぼでもみんなが彼らを見ていた
山裾の神社の石段で彼らが休んでいる頃には
山奥の二三の家にはすべてが伝達されていた

山道はうねうねと登るにつれてカーブが増え
谷の勾配は急になり空は小さくなり暗くなり
道がどこに通じているのかわからなくなった
地図にはS字型の線が一本描いてあるだけだ

二羽のカラスは羽をすぼめてしかたなく進む
夕焼け空を巣へ帰るカラスなんてうそだろう

すでにここは諺にいうカラスも来ない山奥だ
彼らはなんだか着ている服を脱ぎたくなった

彼らは自分らの使命をぼんやり知っていたが
さっきから後悔がちくちく首筋を刺していた
どれだけ進むのかわからず帰るには遠すぎた
羽の裏にかかえたビラの束が汗で湿っている

二羽のカラスは学生服も靴も土埃で白くなり
目ばかりキョトキョト動かしてのろのろ動く
急に道が平らになって広々とした高原に出た
なだらかに続く丘陵は見渡すかぎり煙草畑だ

白い土塀をめぐらした立派なお屋敷が見える
春には桃の花が咲き夏には大きな実もみのる
二羽のカラスはおずおずと大きな門をくぐる

それっきり二度と彼らの姿を見た者はいない

二羽のカラスは一体どこへ行ってしまったか
彼らは本当にお屋敷から外に出たのだろうか
ここら辺りは山家ゆえたちまちに日が暮れる
彼らを見た者がいなくてもおかしくなかった

田舎の駅で汽車から降りて帰って来なかった
学生服を着た二羽のカラスはどこに消えたか
あれから早くも百年の半分が過ぎてしまった
彼らに会っても彼らだとは気づかないだろう

贈与

わたしどもの気持ちは届きましたでしょうか
海の魚をたくさん擂り潰してそれを円満と発展を示す蒲鉾型に整形しその過程で昆布も一枚挟み込んで喜びを二重にし華やかな桃色の着色を全体に施して目に快楽を与え心地よい決着を求めて滑らかに蒸し上げ雑菌など混入せぬよう真空パックにしてそのようなものを何個かまとめて美しい木箱に入れ紅白の水引を掛け赤い熨斗も付け絹の風呂敷に包んで贈らせて頂きました

誰の身の上にも年月はあまりにも早く過ぎ去ります
たくさんの砂糖を加えた餡子をたくさんいれた饅頭を皆さんにたくさん配りました
わたしはそれからひとりで部屋にはいり泣きました

わたしはそれからひとりで部屋にはいり泣きました
わたしはそれから白い紙に櫛を包み夜の道に出て行きました
月の光が道を照らしていました
白い道がどこまでも続いていました

神殿

灰褐色の細い道が木立や灌木を縫って丘へつづいている。
丘の背後から巨大な石積み建造物の先端がのぞいている。
空は晴れて気温が高く風も吹かないからすぐに汗ばんだ。

網目を作って枝を広げる木陰の石に腰を下ろして休んだ。
あたり一帯に一抱えもある石がごろごろ散らばっている。
石には動物や蛇の浮き彫りがあり手を伸ばして触りたい。

石や草の陰には千年前と同じく三角頭の蛇が潜んでいる。
まもなく雨季が来て浮き彫りの生き物も泳ぎ出すだろう。
わたしは家族を追って南の乾いた土地に移動するだろう。

わたしはいつかもこうしてこの石に腰掛けて待っていた。
わたしの背後から羽飾りをつけた男の人がのぞいている。
わたしは彼を知っていたし一緒に食事をしたこともある。

赤い刺繍の服を着て村を歩きまわる記憶が長くつづいた。
目の前に背中に青い菱形のうろこのあるイグアナがいた。
彼らは何十匹もいて動かない丸い目でわたしを見ていた。

彼らの小さな頭もわたしを思い出していたにちがいない。
わたしは立ち上がりゆっくりと丘の頂きへ登っていった。
空や木や石と同じ時間の中でわたしも古い歌をうたった。

覚醒

目覚めよ　死者の
面々　重き甲冑を脱ぎ
戸を開き　足取りも軽く
森の奥へと　世の姿を消したまえ

＊

断崖の端まで枯れ草がひろがっている。
いよいよ終わるのだと思った。
海から風が吹きあげる岩の道を降っていった。空はしだいに低くなり、崖の底から波の音が間近にあがってくる。

大きな石から大きな石へと、ひとり歩く旅が終わろうとしていた。大きな石にもたれて眠り、目覚めて旅をつづけた。
大きな石にもたれて眠り、目覚めて旅をつづけた。大きな石から大きな石へと、ひとり歩く旅が終わろうとしていた。

海から風が吹きあげる岩の道を降っていった。空はしだいに低くなり、崖の底から波の音が間近にあがってくる。
いよいよ始まるのだと思った。

沖へ
見え隠れに
岩礁が
つらなり
先端の

灯台を
黒い海の波のエッジがきりつける
（＊＊）

＊＊

（199×年、冬。わたしは古代ローマ人が疲れきって行軍した道を、南に向かって移動した。薄い光が彼らの兜や槍の穂先をきらめかせ、彼らの青ざめた顔が一瞬空中に浮かび出ては消えた。わたしは病んでいた。わたしは急いだ、南へ！　地中海へ！

十年たって、わたしは北へ向かう旅に出た。大きな石が列を作って立っている道を、のろのろと進んだ。石のそば近くに寄り、死んだ友だちの名を呼んだ。そのようにして、死んだ友だちを一人ずつ訪ねる旅を、つづけた。大きな湾の奥の、断崖の上の、平地に、ハリエニシダの黄色い花が一面に咲いていた。五月だった。

それでも空の
明るい時間が
わずかになった
世界はまぶたを閉じて瞑想の時を迎えようとしている
夜は奥深くなって
静かになって
最後の
あかりも
消えるだろう）

＊＊＊

かつて森であった空間に、高い家があった。わたしは木の扉を押して薄暗いホールに入り、石の床にうずくまる。

遠くから海の砕ける音が押し寄せる
また友だちがつぎつぎにやってくる

高い窓から穴のあいた顔が覗き込む
わすれないでくれ

噴水

大理石の巨大な水盤の中央から　数本の水が一つの束になって空中高く噴き上げる　水は高くのぼっていき　その頂点で巨大な花のように開く　花びらは自らの重みに耐えかねて落下する　落下する水は水盤の水面を叩き衝突音とともに跳ね返り飛び散る　水は絶え間なく水盤の縁から溢れ出し流れ落ち滴り落ちる　もうもうと立ちのぼる水煙が噴水全体を包み込み　光が射すとつぎつぎに小さな虹が現れ　あるいは虹のかけらが現れて消える

ある噴水に関する回想
わたしはかつてある詩人が書いた「赤い花」という詩を読んだことがある。その冒頭に一基の噴水についての簡単な記述があった。――ある人物が一種の西洋式庭園を訪れて、びっしり蔦が絡みついたアーチ型の石門を潜り抜けると、常緑樹に囲まれた広大な芝生の空間が広がっていて、その中央に噴水は設置されていたのだった。ところがわたしが詩の記述に従ってそこを訪れた時には噴水はすでに涸れていた。

わたしはかつてその噴水が絶え間なく空高く噴き上げ音を立てて落下していた時の、そのきらめく幾何学的な勇姿を想像し、それを眼前に再現することを願った。ところが実際にその作業に着手してみると、噴水は外見の単純さにもかかわらずきわめて複雑な仕掛けになっていて簡単な作業では修復することができず、それが製作された時の作業順序に従ってもう一度新しく作りなおさなければならないことがわかった。わたしは噴水の設計図を入手するべく庭園の造成工事を担当した造園業者や建築家を探したのだが、噴水が製作されてからずいぶん時間が経っていたから彼らを探し出すのにわたしはかなりの時間を費やしてしまった。ところがようやく探し当てた造園業者や建築家はわたしが噴水の話を切り出すと一様に困惑しそんな古い設計図は保存していないと言った。彼らは新時代に対応することに忙しく彼らの祖父や年老いた父の仕事にはまったく興味をもっていなかった。わたしは落胆したが設計図の探索を諦めなかった。ために長い時間がむなしく過ぎた。

噴水が何故涸れたのか。庭園は主人がいなくなってからたちまち廃れて、かつて端正に手入れされていた芝生は伸び放題に伸びすでに雑草の原っぱに変わっていたし、芝生を囲む樹木の枝は伸び放題に伸び庭園全体を薄暗い森に変えようとしていた。主人の不在がこれらの荒廃をもたらしたことは言うまでもないが、そのことにはわたしは関心をもたなかった。わたしの願望は噴水を往時のままに再現し水を高く噴き上げさせることだけにあった。わたしの興味がもし噴水の設計図を探索することにではなく主人の生涯を探索することに集中していたなら、あるいはそのほうがかえって噴水の再現はたやすかったかもしれないのだが、再現した噴水が往時そのままかどうかははっきりしなかっただろう。人の記憶は時間とともに変容するし主人は自分が庭園の主人だったことさえも忘れているかもしれない。主人から何を聞きえよう。それにあからさまに言うなら、行方のわからない人物がどのように生き延びたか生き延びようとして困苦したか生き延びることを諦め狭い路地の奥に消えていったか、などということはとうてい知りようがないことなのだ。だからわたしが噴水の設計図の探索を選択したことは間違いではなかった。ただしそれは間違いではなかったというだけのことで設計図が手に入らない限りわたしの願望が実現しないことに変わりはないのだった（失笑）。

（水の研究をしよう。

上流から流れてきた水は大きな石に突き当たり二つに分かれる
分かれた先端は石の両側を過ぎると逆向きに曲がって渦を作る
水は後から後から流れてきて石に突き当たり分かれて渦を作る
水は突き当たる瞬間に次々に掛け声のように水しぶきを上げる
晴れた日には石のまわりに光が集まり幾つも幾つも虹が懸かる
曇った日には石に突き当たった水はくぐもったうめきを上げる
雨の日には水は濁って木の枝や鳥の巣とともに波打って流れる
水は空気や石や木や鳥やすべてと共にありいたるところにある

水の流れを描く画家が女の髪のような曲線を用いることがある
女の髪を描く画家が水の流れのような曲線を用いることがある
水の流れとくねくね泳ぐ蛇を一対にして画家が描くこともある
しだれる柳の枝としなう鞭を一対にして画家が描くこともある

水の流れと女の髪と蛇と植物の枝としなやかな鞭は同じである
水の神話は女の髪と蛇と細い枝と鞭の原理によって構成される
女は誕生であり蛇は再生であり枝は希望であり鞭は律法である
これらはまた春の泉でありゆれるつるであり無限の回転である
水が曲がることは確かだ。）

雨は女の髪を流れ土の底で種子がうごく

井戸水を汲み上げるための仕掛けである跳ね釣瓶は梃子の原理を用いて労力節減を図る工夫だが、垂直運動の原理において噴水と同じだ。汲み上げた水は必ず水平方向に流され、消滅してしまう。それでも人々は何代も何代も井戸から水を汲み上げ、畑を潤し、のどを潤した。広大な平原の上空に白い雲が浮かんでいる。垂直の水は時間の超越であり水平の水は時間の消滅だ。

夏の

日盛りを馬でやってきた
峠に
湧き水があり
かがみこんで
水をすくって
飲んだ
飽きることなく
すくって飲み
水の底に
人の顔がゆらめいているのに気づいた
おじいさんだった
湧き水は
大地の底の
見えない噴水が
粘土や砂利や砂を潜り抜けて噴き上げている
長い時間を潜り抜けて

千年の後の男の顔を千年前に
見せてくれる
風が吹いて
もうおじいさんの顔はない
むすぶ手のしづくににごる山の井のあかでも人に別れぬるかな　紀貫之

あとがき

現在の詩は行分け詩と散文詩とに大別される。行分け詩の場合、一定の行数による連の構成を工夫したり、各行を一定の言語量にしたり、押韻を思案したりするなど、定型への志向が認められる場合もある。すでにいくつかの形式の定型詩も書かれていて、成功している場合もあるが、それらが一般化していると言うことはできない。この問題の基底には、確固たる定型詩があって、それに対して自由詩が唱えられたのではないという事情がある。その他詩が当面する問題として、一篇の総言語量をどうするかということがあるし、リズムなどと関連する表記その他の問題もある。

現在、詩の形式について考える場合、定型詩か自由詩かという区別よりも、一篇毎の文体の問題としてその形式的側面を考える方が実際的だと思う。さらに、文体とは一応別のこととして、書法という観点から考えることもできるだろう。

本詩集では、『家庭生活』『オカルト』に続き、いくつかの文体といくつかの書法で書くことをいっそう進めようと試みた。

出版にあたっては、思潮社、小田久郎氏のお世話になった。編集にあたっては、藤井一乃氏の適切なアドバイスを得た。装幀は則武弥氏にお願いした。皆様に厚く感謝申し上げる。

二〇一一年夏

著者

初出一覧

執筆順に記載した。＊によって同時期の執筆であることを示す。

＊

対枕　「どぅるかまら」二号（二〇〇七年五月三十一日）
自死　『四土詩集第Ⅲ集』（二〇〇八年七月三十一日）
薔薇　「どぅるかまら」三号（二〇〇七年十一月三十日）

＊

怪画　「現代詩手帖」三月号（二〇〇八年三月一日）
鼓笛　「現代詩手帖」三月号（二〇〇八年三月一日）
消滅　「DOGMAN SOUP」四号（二〇〇八年四月二十五日）
贈与　「どぅるかまら」四号（二〇〇八年五月十日）

＊

蛇輪　「どぅるかまら」五号（二〇〇九年一月十日）
走破　「どぅるかまら」六号（二〇〇九年六月十日）
天井　書き下ろし
天窓　書き下ろし

神殿　「どぅるかまら」七号（二〇一〇年一月一日）
噴水　「ペーパー」七号（二〇一〇年七月一日）

＊

覚醒　「どぅるかまら」八号（二〇一〇年六月十日）

＊

球根　書き下ろし
猫港　書き下ろし
指環　書き下ろし
青銅　書き下ろし

＊

無為　書き下ろし
徒食　書き下ろし
快気　書き下ろし

＊

命運　「どぅるかまら」九号（二〇一一年一月十日）

秋山基夫（あきやま　もとお）

詩集『旅のオーオー』（一九六五年）以降『カタログ・現物』『二重予約の旅』『十三人』『キリンの立ち方』『家庭生活』『オカルト』『現代詩文庫　秋山基夫詩集』など十数冊、評論集『引用とノート』『詩行論』など。一九六〇年代後半から、片桐ユズル、有馬敲、中山容らと自作詩朗読の運動（「オーラル派」）をおこなう。ライブのレコード『ほんやら洞の詩人たち』（一九七五年、CD復刻二〇〇三年）、他にCD『ストロング』『国立の秋』など。「囲繞地」「ゲリラ」「詩脈」「どぅるかまら」に参加。

薔薇《ばら》

著者
秋山基夫《あきやまもとお》
発行者
小田久郎
発行所
株式会社思潮社
〒一六二―〇八四二　東京都新宿区市谷砂土原町三―十五
電話〇三（三二六七）八一五三（営業）・八一四一（編集）
FAX〇三（三二六七）八一四二
印刷所
創栄図書印刷株式会社
製本所
誠製本株式会社
発行日
二〇一一年十月三十一日